A
**Rookie
reader®
español**

Daniel
el descortés

**Escrito por Justine Fontes
Ilustrado por Charles Jordan**

Children's Press®
Una división de Scholastic Inc.
Nueva York • Toronto • Londres • Auckland • Sydney
Ciudad de México • Nueva Delhi • Hong Kong
Danbury, Connecticut

Estimado padre o educador:

Bienvenido a Rookie Ready to Learn en español. Cada Rookie Reader de esta serie incluye páginas de actividades adicionales ¡Aprendamos juntos! que son apropiadas para la edad y ayudan a su niño(a) a estar mejor preparado cuando comience la escuela. *Daniel el descortés* les ofrece la oportunidad a usted y a su niño(a) de hablar sobre la importancia de la destreza socio-emocional de **hacer uso de los buenos modales para hacer amigos.**

He aquí las destrezas de educación temprana que usted y su niño(a) encontrarán en las páginas ¡Aprendamos juntos! de *Daniel el descortés*:

• contar

• vocabulario

Esperamos que disfrute esta experiencia de lectura deliciosa y mejorada con su joven aprendiz.

Library of Congress Cataloging-in-Publication Data

Fontes, Justine.
 [Rude Ralph. Spanish]
 Daniel el descortés/escrito por Justine Fontes; ilustrado por Charles Jordan.
   p. cm. — (Rookie ready to learn en español)
 Summary: Daniel is rude and only learns to be polite when no one wants to play with him.
 ISBN 978-0-531-26122-4 (library binding) — ISBN 978-0-531-26790-5 (pbk.)
 [1. Behavior—Fiction. 2. Etiquette—Fiction. 3. Spanish language materials.] I. Jordan, Charles, ill. II. Title.

PZ73.F56 2011   [E]—dc22   2011011612

Reconocimientos
© 2004 Charles Jordan, ilustraciones de la cubierta y el dorso, páginas 3–34, 35 Daniel, Tristán, 36 todos, excepto las imágenes ocultas, 37–38.

SCHOLASTIC, CHILDREN'S PRESS, ROOKIE READY TO LEARN y logos asociados son marcas comerciales registradas de Scholastic Inc.

1 2 3 4 5 6 7 8 9 10 R 18 17 16 15 14 13 12 11

Mi amigo Daniel es descortés.

Daniel nunca espera su turno
en la fila.

Él nunca dice: "con permiso".

Él nunca dice: "lo siento".

Daniel nunca comparte con los demás.

Daniel nunca dice: "¿me permites?".

Lucas tropieza conmigo.
Me dice: "lo siento".

Lucas no me interrumpe.
Él espera su turno para hablar.

Lucas pregunta: "¿me permites?"
cuando él quiere que yo le preste algo.

Lucas comparte sus cosas.

Lucas dice: "gracias".

23

A veces Lucas me deja pasar primero.

Daniel quiere jugar con nosotros.
Yo le digo que prefiero jugar con
alguien que sea cortés.

28

Daniel dice: "yo puedo ser cortés".
Yo digo: "está bien".

Daniel ya no es descortés.
Él dice que prefiere tener amigos.

¡Felicidades!

¡Acabas de terminar de leer *Daniel el descortés* y aprendiste cómo usar tus modales para hacer buenos amigos!

Sobre la autora

Justine Fontes y su marido, Ron, quieren escribir 1,001 libros de niños (y ya van por más de la mitad). Hasta el momento han escrito desde cuentos hasta biografías, ¡y todo lo que hay en el medio!

Sobre el ilustrador

Charles Jordan vive en Pensilvania con su esposa y sus dos hijos, Charlie y Maggie.

Daniel el descortés

¡Aprendamos juntos!

Mi nuevo amigo

(Cantar a la tonada de "Rema, rema, rema tu bote").

Gracias, gracias, por favor
eso es lo que digo,
cuando pido un favor
y hago un nuevo amigo.

Por aquí y por allá
pido con permiso
cuando voy a jugar
con mi nuevo amigo.

CONSEJO PARA LOS PADRES:
Los actos de amistad pueden ser grandes o pequeños. Usted puede dar el ejemplo y ayudar a desarrollar este importante concepto mencionando las cualidades que usted admira de la amistad.

¿Dónde está Tristán?

Daniel quiere jugar con sus amigos. Pero primero tiene que encontrarlos. Utiliza tu dedo para trazar el camino que ayude a Daniel a encontrar a sus amigos.

Las cosas preferidas de Daniel

Daniel se niega a ser cortés y compartir. Esconde sus juguetes y libros. Hay cinco juguetes escondidos en este dibujo: un libro, un auto, un crayón, una pelota de béisbol y un bate. ¿Puedes señalar dónde están?

El libro de los animales

Daniel fue descortés hasta que aprendió cómo hacer amigos.

Aprendió a compartir y a decir "gracias". ¿Qué otras cosas aprendió Daniel que hizo que los niños quisieran jugar con él?

CONSEJO PARA LOS PADRES: Los buenos modales ayudan a los niños a hacer amigos cuando juegan en la escuela. Para reforzar esta importante destreza, recuérdeles que deben tener modales y déjeles saber que hicieron un buen trabajo si observa que han sido corteses, generosos, amables o considerados con otros niños.

Sé un buen amigo

Invéntate un cuento sobre cómo ser cortés con tus amigos mientras juegas. Di la palabra que falta en cada oración.

Juego con _____ .
nombre de alguien que conozcas

Jugamos en _____.
un lugar

Le digo: "¿Puedo jugar con tu _____ por favor?".
un juguete

Mi amigo dice: "Sí. Quiero compartir mi juguete contigo".

Yo digo: "Gracias".

Mosaico amable

Haga un mosaico sobre lo que es ser amable con su niño(a) y celebre las maneras en que los amigos son corteses cuando juegan.

VA A NECESITAR: **revistas usadas** **tijeras**

marcadores **papel de manualidades** **pegamento en barra**

1
Busque en las revistas y recorte las imágenes que muestran a personas divirtiéndose, compartiendo, turnándose y siendo amables unos con otros.

2
Escriba "Mosaico de la gente amable" en la parte de arriba de una hoja de papel. Pegue los recortes en el póster.

39

Lista de palabras
de Daniel el descortés (61 palabras)

a	dice	Lucas	que
algo	digo	me	quiere
alguien	él	mi	sea
amigo	en	no	ser
amigos	es	nosotros	siento
bien	espera	nunca	su
comparte	está	para	sus
con	fila	pasar	tener
conmigo	gracias	permiso	tropieza
cortés	hablar	permites	turno
cosas	interrumpe	prefiere	veces
cuando	jugar	prefiero	ya
Daniel	la	pregunta	yo
deja	le	preste	
demás	lo	primero	
descortés	los	puedo	